AF258652

Stern, Gr.

RAOVL DE NAJAC

96- 141

ACQ. RÉS 96-0141

96

Rés. p. Yf.
613

HENRI VIII,

TRAGÉDIE,

PAR

MARIE-JOSEPH CHÉNIER,

DE L'INSTITUT NATIONAL.

TROISIEME ÉDITION,

SEULE CONFORME À LA REPRÉSENTATION.

A PARIS,

DE L'IMPRIMERIE DE P. DIDOT L'AÎNÉ.

Se vend chez DABIN, libraire, Palais du Tribunat,
passage Valois.

AN IX. — 1801.

96

HENRI VIII,

TRAGEDIE,

PAR

MARIE-JOSEPH CHENIER,

DE L'INSTITUT NATIONAL.

PERSONNAGES.

HENRI VIII, roi d'Angleterre.

ANNE DE BOULEN, épouse de Henri VIII.

JEANNE SEIMOUR.

CRANMER, archevêque de Cantorbery.

LE DUC DE NORFOLK.

NORRIS.

ELISABETH, fille de Henri VIII et d'Anne de Boulen.

LE COMMANDANT de la tour.

UNE FEMME de la suite d'Elisabeth.

COURTISANS.

PAGES.

GARDES.

La scene est à Londres. Le quatrieme acte se passe dans la tour; les autres dans un portique du palais des rois d'Angleterre.

HENRI VIII,

TRAGEDIE.

ACTE PREMIER.

SCENE PREMIERE.

SEIMOUR, CRANMER.

CRANMER.

JE puis donc sans témoins vous parler en ces lieux
Que j'avais si long-temps interdits à mes yeux :
Au récit imprévu du malheur de la reine,
Madame, en ce palais le devoir me ramene :
Du pied des saints autels au pied du trône admis,
J'oserai m'opposer à ses vils ennemis.
La voix des courtisans, voix trompeuse et funeste,
Lui reproche à grands cris l'adultere et l'inceste :
Parmi ses détracteurs je ne puis vous compter.
Je vois le rang superbe où vous devez monter :
Un trône vous attend ; la route en est ouverte :
La reine vit encor ; mais le roi veut sa perte.

Je connais son dépit et son nouvel amour,
Et je connais aussi les vertus de Seimour.
Mon ame, en vous voyant, ne peut être alarmée,
Et votre aspect répond à votre renommée.
Au moment où je parle une douce candeur
En vos regards émus se mêle à la pudeur :
Votre cœur me prévient, et se plaît à m'entendre.
Ah! ne repoussez pas un intérêt si tendre ;
Et si contre Boulen tout s'unit aujourd'hui,
Que sa rivale au moins devienne son appui.
Assez d'autres sans moi, pleins d'un servile zele,
Flatteront désormais votre grandeur nouvelle :
Je dois à l'innocence apporter mon secours.
Ma bouche connaît peu le langage des cours ;
Je n'entre point ici pour approuver les crimes,
Et des prêtres flatteurs j'abhorre les maximes.
Je ne veux point, madame, unir à l'encensoir
Les soins du ministere et l'abus du pouvoir ;
Loin de moi ce desir impie et sacrilege !
Je prétends réclamer le plus saint privilege.
Par nous la vérité doit aller jusqu'aux rois ;
Près de mon souverain j'exercerai mes droits.
Puisse un Dieu qui toujours a prêché l'indulgence
L'éclairer par ma bouche, et fléchir sa vengeance !

SEIMOUR.

Pontife respecté, vos desirs sont les miens :
Servons tous deux la reine, et soyons ses soutiens.
Soumise à son empire, élevée auprès d'elle,

Je garde à ses bienfaits un souvenir fidele:
D'un rang trop périlleux si j'aimais la splendeur,
Voudrois-je par un crime acheter ma grandeur?
Non ; je hais cet orgueil qui rend l'ame insensible,
Et je veux moins d'éclat, mais un cœur plus paisible.

CRANMER.

Gardez ces sentiments ; ils sont dignes de vous.

SEIMOUR.

Puisse la reine encor désarmer son époux !

CRANMER.

D'un si grand changement dites-moi le mystère.
[annotation manuscrite : « prompt » au-dessus de « grand » (biffé) ; « quel est donc » au-dessus de « dites-moi » (biffé)]

SEIMOUR.

Seule j'en suis la cause, et bien involontaire.
[annotation manuscrite : « hélas ! Vous en voyez la cause… »]
Heureuses toutes deux, tranquilles, si toujours
Loin d'elle et loin du roi j'avais passé mes jours !
Il m'aime. On connaît trop ses orgueilleux caprices ;
L'amour en tous les temps causa ses injustices.
De liens importuns soigneux de s'affranchir,
Sous un devoir pénible il ne sait point fléchir.
Des princes d'Arragon la fille infortunée,
Pour un nouvel hymen jadis abandonnée,
Vit d'un injuste arrêt son hymen outragé :
De cet empire entier le culte fut changé ;
Et de l'heureux Volsei la disgrace éclatante

Marqua, vous le savez, cette époque importante.
C'est le jour de la reine ; il devait arriver :
Elle éprouve un malheur qu'elle a fait éprouver :

L'amour la couronna; c'est l'amour qui l'opprime.

Captive, elle gémit dans le séjour du crime ;

Et son frere, et Norris, long-temps aimé du roi,
Lui qu'auprès de la reine attachait son emploi,
Lui qui, par son crédit, ses vertus, son courage,
Des Anglais, jeune encore, a mérité l'hommage ;
Quelques autres sujets qui, dans un rang plus bas ;
Servaient aussi la reine et suivaient tous ses pas,
Victimes du pouvoir et de la calomnie,
Partagent de ses fers l'illustre ignominie.
C'est peu qu'en la voyant réduite à l'abandon,
Aucun n'ose aujourd'hui demander son pardon ;
Des amis du pouvoir que devait-elle attendre !

Mais, hélas ! sans frémir vous ne pourrez l'entendre :
Celui de qui la voix préside au jugement,
Son flatteur autrefois, Norfolk, en ce moment,
Brisant le nœud sacré qui l'unit à la reine,
Du monarque inflexible irrite encor la haine ;
Et, de son propre sang criminel oppresseur,
Ose insulter lui-même aux enfants de sa sœur.
Lorsque ma voix timide, et toujours impuissante,
Rappelle à son époux cette épouse innocente,
Il m'écoute avec peine ; et, loin d'être touché,
Il me jure un amour que je n'ai point cherché.
Ô vous à qui le ciel accorde ses lumieres,
Boulen n'a plus d'espoir qu'en vos seules prieres :
Pour elle au cœur du roi sachez vous adresser ;
Et, si mon sort enfin peut vous intéresser,
Cranmer, en la sauvant d'une injuste disgrace,
Sauvez-moi du malheur de régner en sa place.

CRANMER.

Malgré son infortune, elle est reine pour moi.
Eh ! comment oublier tout ce que je lui doi ?
Mais si tous deux enfin, regrettant sa puissance,
Nous lui sommes liés par la reconnaissance,
Quel autre à son destin peut rester étranger !
Sous le joug des bienfaits elle a su tout ranger.
Au moment de sa gloire, et dans ces jours de fête
Où le saint diadême environnait sa tête,
L'Angleterre, imitant son monarque enchanté,
La nommait souveraine, et vantait sa beauté.

Ma bouche, qui rejette un profane langage,
A ce fragile éclat ne doit point son hommage ;
Mais l'auguste bonté respirait dans ses traits ;
La vertu relevait ses modestes attraits.
Durant plus de cinq ans j'ai vu sa bienfaisance ;
J'ai vu par-tout les pleurs taris en sa présence ;
Par ses royales mains l'indigent secouru
N'était plus indigent quand elle avait paru.

SEIMOUR.

Je m'en souviens, pontife, et je répands des larmes.
Puisqu'à la vérité vous prêtez tant de charmes,
Rendez, rendez la reine à ses tristes sujets.
On ouvre : c'est le roi qui descend du palais.
Il ne voit rien ; son front est couvert d'un nuage,
Tandis que, sur ses traits composant leur visage,
Ses muets courtisans, rassemblés près de lui,
Flattant par leur silence, imitent son ennui.
Vous voyez tous ces grands vendus à la puissance,
Dont la bouche homicide égorge l'innocence,
Et qui, se disputant la faveur d'un coup-d'œil,
A ramper sans pudeur ont placé leur orgueil.

SCÈNE II.

SEIMOUR, HENRI, CRANMER,
COURTISANS, PAGES, GARDES, *au fond du palais.*

HENRI.

C'est vous, Madame ! vous ! des ennuis les plus sombres
que votre aspect chéri vienne éclaircir les ombres :
embellinés, charmés par vos soins généreux
mes jours semés de peine, et plus brillans qu'heureux.
Vous, que j'aime a revoir, pontife respectable,
vous savés les destins d'une épouse coupable :
oubliés son nom même.

CRANMER.
                    il fut longtems sacré.
Ce nom, sire... autrefois vous l'avés adoré.
le peuple anglais balance ; il aime encor la reine.
aurait'elle en effet mérité votre haine ?

On aime, on vante encor son pouvoir généreux,
Ce nom qui tarissait les pleurs des malheureux,
Sa douceur, sa bonté royale et maternelle :
Avec tant de vertus devient-on criminelle ?
Un injuste soupçon peut tromper votre cœur,
Et la prudence humaine est sujette à l'erreur.
Malheur au souverain que la vérité blesse !
Heureux le sage roi qui connaît sa faiblesse,
Et dont l'oreille auguste, aimant la liberté,
Accueille avec plaisir la sainte vérité !
Soyez digne aujourd'hui du trône et de vous-même ;
Écoutez les discours d'un peuple qui vous aime :
« Sous vingt tyrans, dit-il, ces murs ensanglantés
« N'ont vu que des forfaits et des calamités.
« Henri doit aux Anglais un régne moins sinistre.
« Au lieu de tous ces rois, esclaves d'un ministre,
« Nous voyons sur le trône un monarque éclairé,
« Chéri de ses sujets, dans l'Europe admiré :
« Protecteur de la foi, zélé pour sa défense,
« Mais des tyrans sacrés combattant la puissance,
« Il a d'un grand exemple étonné l'univers ;
« Londres du Vatican ne porte plus les fers.
« Serait-il infidele à sa premiere gloire ?
« Faut-il que l'avenir reproche à sa mémoire
« Tous ces pieges sanglants, ces vengeances des rois,
« Ces attentats commis par le glaive des lois ? »
Sire, de votre peuple ainsi la voix s'explique.
J'ose unir mes accents à cette voix publique.

Des Anglais et du ciel remplissez le desir :
Punir est un tourment, pardonner un plaisir ;
C'est de la royauté le droit le plus auguste ,
Un devoir aussi saint que célui d'être juste :
Il faut plaindre le sort du prince infortuné
Dont le cœur endurci n'a jamais pardonné.

HENRI.

J'ai lieu d'être surpris d'entendre ce langage.
Ce n'est point, je le crois, pour me faire un outrage,
Qu'un pontife m'apporte au sein de mon palais
Ce qu'il ose appeller les vœux du peuple anglais.
Mais je connais ce peuple et l'esprit qui l'anime :
Il brave un souverain faible et pusillanime ;
Sous un maître inflexible il ne sait que ramper :
Dix rois l'ont asservi sans daigner le tromper.
Jean, qui déshonoraient les succès de la France,
Vit avec son bonheur décroître sa puissance.
Mais dans les derniers temps de les plantagenets,
Les rois faisaient la guerre a leurs propres sujets ;
Les poisons, les bourreaux, s'unissant a l'épée,
Ne faisaient qu'affermir la couronne usurpée ;
Et le peuple écrasé sous un joug oppresseur
Adorait ses tyrans, et vantait leur douleur.
L'anglais, dans le cours d'un règne plus prospère,
En ses moindres devoirs ont prévenu mon père :
Moi-même ; il faut parler avec sincérité,
Moi-même j'usai las de leur facilité.
De l'empire avec vous j'ai changé la croyance ;
Un seul mot a vaincu leur faible résistance ;
Avec vous maintenant c'est la publique voix
Qui parle du conseil, qui les prend pour des lois.
Réprimez les transports de votre zèle austère ;
Prélat ; vos cheveux blancs, votre saint ministère,
Vos vertus jusqu'ici m'ont fait tout excuser :
De vos bontés enfin vous pourriez abuser.
celle.

Cranmer.
Madame !...

SCENE III.

SEIMOUR, HENRI.

courtisans, pages, gardes, au fond du palais.

Seimour.

et moi, dois-je aussi M'interdire
      touchant
Cet intérêt ~~puissant~~ que le malheur inspire?
le besoin de calmer un injuste courroux
le droit de la pitié, me le défendés vous?
je le réclame encor, dussé-je vous déplaire;
non, vous n'oublirés pas celle qui vous fut chère,
elle répand des pleurs que vous faites couler;
Mais, Sire, un mot de vous pourrait la consoler.

henri

Soutiendrés vous toujours une épouse infidelle?
je vous vois; je vous aime; et vous me parlés d'elle
j'ai cherché le bonheur par cent chemins divers;
des camps et de la paix ignorant les revers,
étendant chaque jour les droits du diadème,
prince, législateur, et pontife suprême,
fameux par le scavoir, puissant par tes écrits
j'ai d'un peuple féroce enchaîné les esprits.

Qui rêve des grandeurs ma jeunesse bercée
au vain nom de la gloire attachait sa pensée;
Crédule, j'ai goûté tous les plaisirs d'un roi,
Sans trouver le bonheur qui fuyait devant moi.
il est auprès de vous dans l'air que je respire;
Sujette encor de nom, vous possédés l'empire;
le diadème est prêt; et les autels parés
bientôt des feux d'hymen se verront éclairés.

Seimour.

Ah! que me parlés vous d'hymen, de diadème?
pardonnés; mais enfin le rang, le trône même,
tout vient me rappeller un cuisant souvenir.
l'éclat dont votre bouche embellit l'avenir
laine une nuit profonde en mon âme effrayée
Catherine a vos jours était encor liée
quand, fière d'un encens qu'elle obtenait de vous,
Boulen vous vit porter le nom de son époux,
Boulen qui, maintenant captive et solitaire,
gémit d'avoir régné sur vous, sur l'angleterre.
deux reines sous mes yeux ont rempli tour à tour
le trône où vous voulés me placer en ce jour;
sous mes yeux cependant tour à tour opprimées;
vous m'aimés aujourdhui; vous les avés aimées

HENRI.

aimé. Vous avés cru de frivoles discours!
Catherine, unissant ses destins a mes jours
ne trouva qu'un époux qui l'évitait sans c
et jamais d'un soupir n'accueillit sa tendr
Je fus dans tous les tems, contraint de l'estim
faible prix des vertus que l'on voudrait aim
Jeune encor, sans pouvoir, et sujet de mon père,
Ver du par des traités comme un prince
d'un lien politique enchainé malgré moi;

Sitôt que je l'ai pu, j'ai dégagé ma foi.
J'aimai long-temps Boulen; cet aveu m'humilie:

Mais j'ai cru mépriser une épouse

~~Ses attraits m'ont touché, mais elle est~~ avilie.

Sa coupable

~~Dès long-temps sa~~ conduite appelait ma rigueur :

Elle a voulu se perdre et se fermer mon cœur.

Eh quoi ! n'est-il pas temps qu'à la fin je respire ?

D'un objet criminel j'ai rejeté l'empire :

C'est quand on vous chérit, quand on subit vos lois,

Qu'on peut être, Madame, orgueilleux de son choix :

les vertus, la beauté, la grace plus touchante,

en vous tout me séduit, et m'attire, et m'enchante,

tout, jusqu'à cet effroi si modeste et si doux ;

à l'aspect d'un haut rang, digne à peine de vous.

SCENE IV.

SEIMOUR, HENRI, CRANMER.

Courtisans, pages, gardes, au fond du palais.

CRANMER.

Sire, un pressant motif en ces lieux me ramène ;

~~HENRI.~~

~~Eh bien ! quel motif en ces lieux vous ramène ?~~

~~CRANMER.~~

Je viens mettre à vos pieds cet écrit de la reine.

HENRI.

Vous a-t-elle chargé de me le présenter ?

CRANMER.

Aucun des courtisans n'osait vous l'apporter.

HENRI.

Et vous seul?....

CRANMER.

En vos mains j'ai promis de le rendre.

HENRI, *ayant pris la lettre.*

Tant de zele, pontife, a droit de me surprendre.

Toujours entre elle et moi voulez-vous vous offrir?

CRANMER.

Eh! quel autre en ces lieux l'oserait secourir?

HENRI.

Dans cet écrit sans doute elle se justifie :

Mais ce n'est plus à moi d'ordonner de sa vie.

SEIMOUR.

C'est vous qui régnez, sire; et vous qui l'accusés.

Vous ignorez ses vœux ; daignez au moins....

HENRI *donnant la lettre à Seimour.*

Lisez.

SEIMOUR, *lisant.*

« Sire, je vous écris à mon heure suprême.

   « Bientôt vous m'allez condamner :

« Que le cœur qui m'aima se pardonne à lui-même,

« Et que le ciel encor daigne vous pardonner !

« Prenez soin de ma fille en immolant sa mere ;

   « Épargnez les jours de mon frere ;

« Épargnez mes amis : c'est mon vœu, mon espoir.

« Laissez-moi seule enfin subir ma destinée :

« Mais plaignez votre épouse ; et que l'infortunée
« Puisse, avant d'expirer, vous entendre et vous voir » !

Eh bien ?

HENRI.

Qu'ordonnés vous ?

SEIMOUR.

Sa prière est si tendre !
Son malheur est si grand ! Consentés a l'entendre.

HENRI.

Prélat, boule encor a mes yeux peut s'offrir,

~~Seimour~~

~~Ah ! je vous en vous prie~~

~~Henri~~

C'est vous qui l'éxigés, il faut vous obéir,
Madame, et dans ma Cour votre empire commencés.
tout ce que l'équité pardonne a la clémence,
tout ce qui m'est permis, vous l'obtiendrés du roi :
vous adorer, vous plaire est un besoin pour moi.
au sortir du Conseil ou mon devoir m'entraine,
Je verrai, j'entendrai Celle qui fut la Reine,
et, pour prix d'un effort qui remplit vos souhaits,
mon cœur auprés de vous viendra chercher la paix.

Fin du premier acte.

SCENE VI.

HENRI, NORFOLK, COURTISANS, PAGES, GARDES.

HENRI.

Voici le digne objet dont je serai l'époux.
Accompagnez Seimour, et la traitez en reine :
Sujette encor de nom, mais déja souveraine,
Elle peut tout sur moi ; songez qu'entre ses mains
Elle tient désormais mon sort et vos destins.
Les courtisans, les pages et les gardes sortent.

SCENE VII.

HENRI, NORFOLK.

HENRI.

Du succès de ton zele il est temps de m'instruire :
M'as-tu servi, Norfolk, et viens-tu de séduire
Tous ces vils accusés dociles au pouvoir ?
Je t'avais, tu le sais, commandé de les voir,
D'oser leur dévoiler le secret de ma haine,
De leur offrir le jour s'ils accusaient la reine.

NORFOLK.

Ils viennent de parler.

HENRI.

Je ne suis point trahi ?

NORFOLK.

Non ; soyez satisfait, ils ont tous obéi.

HENRI.

Ce n'est pas tout, Norfolk ; il faut avec adrésse
Gagner encor Norris par la même promesse.

NORFOLK.

Norris !

HENRI.

Oui. Tu l'as vu flattant avec fierté,
Conserver dans ma cour un ton de liberté ;
Il affectait, Norfolk, une franchise austere.

NORFOLK.

Mais pourrons-nous jamais fléchir son caractere ?

HENRI.

Essayons.

NORFOLK.

Cet orgueil....

HENRI.

Il doit être abattu.

NORFOLK.

Nous sacrifiera-t-il sa gloire et sa vertu ?

HENRI.

La vertu n'est qu'une ombre, un fantôme illusoire.
Il est né mon sujet ; m'obéir est sa gloire ;

BIBLIOTHEQUE NATIONALE

Et ma faveur qu'un jour il pourrait recouvrer....

NORFOLK.

Qu'il pourrait?...

HENRI.

Tu m'entends ; fais-lui tout espérer.

NORFOLK.

Je suivrai de mon roi la volonté sacrée.
Du peuple cependant la reine est adorée.

HENRI.

Les vains cris de ce peuple excitent mes mépris.

NORFOLK.

La révolte bientôt peut succéder aux cris.

HENRI.

Non. Je connais ce peuple et l'esprit qui l'anime :
Il brave un souverain faible et pusillanime ;
Sous un maître inflexible il ne sait que ramper.
Dix rois l'ont asservi, sans daigner le tromper.
Jean, que déshonoraient les succès de la France,
Vit avec son bonheur décroître sa puissance ;
Mais dans les derniers temps de ces Plantagenets,
Les rois faisaient la guerre à leurs propres sujets :
Le poison, les bourreaux, s'unissant à l'épée,
Ne faisaient qu'affermir la couronne usurpée ;
Et le peuple, écrasé sous un joug oppresseur,
Adorait ses tyrans, et vantait leur douceur.
Mon père, qui régna par le droit de la guerre,
Qui fit tomber Richard, et vengea l'Angleterre,
De son génie adroit déployant les ressorts,

Acte second.

Scène première.
Henri, Norfolk.

Henri.
Il faut subir encore ce pénible entretien:
Boukem, auprès de moi, ton amour est ton soutien.
Mais d'un sombre mystère il est tems de m'instruire:
M'as-tu servi, Norfolk? et viens-tu de séduire
Dans les vils accusés, dociles au pouvoir?
Je t'avais, tu le sais, commandé de les voir,
D'oser leur dévoiler le secret de ma haine,
De leur offrir le jour s'ils accusaient la reine.

Norfolk.
Ils viennent de parler.

Henri.
            Je ne suis point trahi?

Norfolk.
Tous ont versé des pleurs; mais tous ont obéi.

Henri.
On ne peut de son frère espérer de faiblesse.
Gagnons du moins, Norris par la même promesse.

Norfolk.
Norris!

Henri.
        Oui. tu l'as vu, flattant avec fierté
Conserver dans ma cour ce ton de liberté:
Il affectait, Norfolk, une franchise austère.

Norfolk.
Quel moyen fléchira cet altier caractère?

Henri.
Son crédit, ma faveur qu'il pourrait recouvrer...

Norfolk.
Qu'il pourrait...   15

Henri.
        Tu m'entends: fais lui tout espérer.

C'est ce fatal amour qui me condamne au crime
Mais je vois s'avancer ma nouvelle victime;
le dédain sur ses pas remplace le respect;
on cherchait ses regards; on fuit à son aspect:
Moi-même à lui parler en vain je me prépare
je sens un trouble affreux qui de mon cœur [...]
Viens, sortons.

Scène II.
boulen conduite par des gardes.

Est-ce encor le soleil qui me luit?

Hélas! de ma prison je regrette la nuit.
Cette douce clarté pour moi n'a plus de charmes;
Le jour blesse mes yeux fatigués par les larmes ;
Et ces superbes murs voilés de ma douleur
M'offrent par-tout le deuil qui regne dans mon cœur.
n'espère point que le roi... tout se tait!
~~Ah! je n'ai plus d'époux! tout me nuit,~~ tout m'accable:
Je ne trouverai plus qu'un maître impitoyable.
Mais on vient : c'est Cranmer qui porte ici ses pas.

SCENE III.

BOULEN, CRANMER.

gardes, au fond du palais.

CRANMER.

Reine....

BOULEN.

Moi, votre reine? Ah! ne m'insultez pas!

CRANMER.

Avez-vous pu douter de mes soins, de mon zele?

Je vous dois tout, madame, et je vous suis fidele.

BOULEN.

Est-il vrai? tous les cœurs ne me sont point fermés?

CRANMER.

De pitié, de respect vos sujets enflammés,
Regrettent ces beaux jours où vos mains fortunées
De ce puissant état réglaient les destinées.
Sous le poids de vos maux le peuple est abattu :
Il exalte en pleurant votre auguste vertu.
Loin des rois, il n'a point à flatter leur caprice,
Et jusques sur le trône il blâme l'injustice.

BOULEN.

Le peuple doit gémir. Et cette cour?...

CRANMER.

Hélas !

Vous n'avez plus d'amis au séjour des ingrats.

BOULEN.

Les cruels autrefois adoraient ma fortune.
Mais chassons du passé la mémoire importune.

CRANMER.

Avec votre destin, madame, ils ont changé.

BOULEN.

Je vous revois, mon cœur est un peu soulagé.
Vous avez fui la cour aux jours de ma puissance :
D'un prélat vertueux j'ai respecté l'absence.
A la cour maintenant qui peut vous appeler?
Vous venez pour me plaindre et pour me consoler!

CRANMER.

D'un serviteur zélé vous devez plus attendre ;
Je viens pour vous servir, je viens pour vous défendre.
Quand le bonheur public naissait autour de vous,
Je priais pour vos jours et ceux de votre époux ;
Au temple renfermé, dans nos paisibles fêtes,
Je conjurais le ciel de veiller sur vos têtes :
Les vœux d'un peuple entier s'unissaient à mes vœux ;
Je n'entends aujourd'hui que ses cris douloureux ;
Et je viens en des lieux pleins de vos infortunes
Apporter mes sanglots et les plaintes communes.

BOULEN.

Ah ! comptez-vous fléchir mon insensible époux ?

CRANMER.

Je l'ai vu ; j'ai tenté d'appaiser son courroux.
J'ai tenté : trop heureux si mon récit fidele
Pouvait d'un plein succès vous donner la nouvelle !
Mais il m'a refusé… sans lasser mon espoir.
Que dis-je ? votre époux consent à vous revoir.
J'assiégerai ses pas. Vous aussi, vous, madame,
Tâchez par vos discours de ramener son ame :
Montrez-lui, sur un front plus soumis qu'abattu,
La tranquille douleur qui sied à la vertu.

BOULEN.

Vous me rendez, Cranmer, un rayon d'espérance ;
Et j'en avais besoin.

CRANMER.

Je le vois qui s'avance.

Au nom de tout l'état, songez à l'attendrir.
Adieu.

Il sort.

SCENE III.

HENRI, BOULEN.

HENRI, *à part.*

C'EST elle. Allons... Combien je vais souffrir !

BOULEN, *à part,*

Son aspect me consterne. A quoi dois-je m'attendre ?

HENRI, *toujours à part.*

Mais n'importe ; il le faut : j'ai promis de l'entendre.

BOULEN, *encore à part.*

Daigne-t-il seulement jeter les yeux sur moi ?

HENRI.

Vous avez souhaité de revoir votre roi,
Madame.

BOULEN,

Juste ciel ! quel effrayant langage !

HENRI.

Eh quoi ! ce nom sacré vous paraît un outrage ?

BOULEN.

Sire, entre nous jadis il fut des noms plus doux.

HENRI.

Je ne dois plus porter le nom de votre époux.

15.

BOULEN.

L'hymen à votre sort m'a donc en vain liée ?
Présente à vos regards, je suis donc oubliée ?

HENRI.

Ne parlez plus des nœuds que vous avez brisés ,
Ne vous souvenez plus de mes feux méprisés.

BOULEN.

J'ai méprisé vos feux ? vous ne pouvez le croire.

HENRI.

Oui , vous avez trahi vos serments, votre gloire.

BOULEN.

Si j'ai pu vous déplaire, ordonnez mon trépas ;
Mais en m'ôtant le jour ne me flétrissez pas :
Contentez-vous du sort où vous m'avez réduite.

HENRI.

Ainsi donc c'est à moi d'excuser ma conduite !
Vous m'étonnez.

BOULEN.

Daignez me l'expliquer au moins.

HENRI.

Mes bienfaits envers vous manquent-ils de témoins?

BOULEN.

Ils vivent dans mon cœur , malgré votre colere.

HENRI.

Et ce cœur a brûlé d'un amour adultere !
Et l'objet de mon choix , oubliant sa fierté ,
A de notre union souillé la pureté !

BOULEN.

Moi !

HENRI.

Bien plus (j'en rougis, et pour mon diadème,
Et pour votre complice, et sur-tout pour vous-même) :
Là nature et l'hymen, à-la-fois outragés,
Ont demandé vengeance.... et ne sont point vengés.
Mais il faut mettre un terme à tant d'ignominie.

BOULEN.

Ah ! ces cris de la rage et de la calomnie
N'ont pu vous ébranler ! Non, sire....

HENRI.

Écoutez-moi.

A ces cris odieux ma cour ajoutait foi.
Si la vérité parle, est-ce à vous de vous plaindre ?
Si c'est la calomnie, est-ce à vous de la craindre ?
Il est temps que les lois se déclarent pour vous,
Et que votre innocence éclate aux yeux de tous.

BOULEN.

Eh ! de quels magistrats dépend ma destinée !
L'intérêt dans leur cœur m'a déja condamnée.
C'est vous qui m'accusez ; et je vois vos flatteurs
Juges tout à-la-fois et calomniateurs ;
Je vois des courtisans vendus au rang suprême,
Choisis dans ce palais, et choisis par vous-même.

HENRI.

Non ; ceux que j'ai chargés d'interprêter les lois,
Madame, en aucun temps n'ont pu vendre leur voix.

Ne les outragez plus ; ce discours qui m'offense,
Bien loin de vous servir, nuit à votre défense.

BOULEN.

Vous offenser ! qui ? moi ! Pouvez-vous le penser ?
Et défendre mes jours est-ce vous offenser ?

HENRI.

L'œil seul lit aisément dans le cœur des coupables ;
de vous opprimer les lois sont incapables.
Aux droits de l'équité vos juges sont soumis ;
Pourquoi les soupçonner ? sont-ils vos ennemis ?
Pourraient-ils, voudraient-ils condamner l'innocence ?
L'un d'eux vous est, madame, uni par la naissance.
Ayez moins de frayeur.

BOULEN.

Eh quoi ! vous me quittez !

HENRI.

Vous devez maintenant savoir mes volontés.
Que voulez-vous encor ?

BOULEN.

J'ai tout dit. Mais vous, sire,
Consultez votre cœur ; n'a-t-il rien à me dire ?
Vous gardez le silence ! interrogez ces lieux ;
Quel spectacle jadis ils offraient à mes yeux !
Ici de votre cour et du peuple entourée,
Ici de vos sujets, de vous-même adorée
(Ce souvenir m'est cher ; ne me l'enviez pas),
Ici, parmi les fleurs qu'on semait sur nos pas,
Au milieu des concerts et des cris d'alégresse,

Tournay

Près de vous, et le cœur plein de votre tendresse,
Je courais à l'autel vous nommer mon époux.

HENRI.

Ah ! tout est bien changé.

BOULEN.

Rien n'est changé que vous.

HENRI.

Osez-vous !....

BOULEN.

Trop long-temps j'ai gardé le silence :
Le poids qui m'accablait tombe avec violence.
Que vous avais-je fait pour tant de cruauté ?
Que ne me laissiez-vous dans mon obscurité ?
Pourquoi m'appeliez-vous sur ce trône perfide ?
Pourquoi m'entraîniez-vous en un piege homicide ?
Je vivais ignorée, et de mes humbles jours
Nul souci jusques-là n'avoit troublé le cours :
Je n'étais point esclave, insultée, opprimée ;
J'étais heureuse enfin : mais vous m'avez aimée.
Tout-à-coup enchaînée à ma triste grandeur,
Captive, et malheureuse, hélas ! avec splendeur,
J'ai vu mes jours marqués d'éternelles alarmes ;
Souvent au sein des nuits j'ai répandu des larmes.
Des ennemis secrets ont assiégé mes pas :
J'ai trouvé les chagrins, les fers, et le trépas.
Quel trépas, juste ciel ! Ah ! cette horrible idée
Fait frémir à vos yeux mon ame intimidée.
Écoutez ma défense, ô mon maître ! ô mon roi !

Vos regards ont daigné descendre jusqu'à moi :
Vous m'aimiez autrefois, vous m'avez couronnée :
Me croyez-vous coupable, et suis-je condamnée ?
Si dans ces jours d'éclat, je ne sais point mérité
En haut degré de gloire et de prospérité,
J'en atteste le ciel, et mon cœur, et vous-même,
Et j'en atteste encor ce sacré diadême
Que vos bontés jadis attachaient sur mon front ;
Je n'ai pas un instant mérité mon affront.
Songez, Sire, songez qu'à vous seule asservie,
Je vous ai consacré mon amour et ma vie ;
Que, du jour où j'ai pu vous nommer mon époux,
Je n'ai jusqu'à ce jour respiré que pour vous.
La couronne, un palais, n'ont rien que je regrette :
Je n'ai point oublié que je naquis sujette.
Reprenez ma grandeur, vos bienfaits, votre amour :
Vous n'avez pas besoin de me ravir le jour.
Ah ! je saurais mourir ; mais, hélas ! je suis mere ;
Mais je laisse une fille, et vous êtes son pere ;
Ou plutôt maintenant ma fille n'en a plus ;
Au fond de votre cœur tous ses droits sont perdus :
Ma fille est sans appui ; moi seule je lui reste,
Et je sens que ma mort lui serait trop funeste.
Faudra-t-il que ses yeux, errans dans ce palais,
Cherchent toujours mes yeux sans les trouver jamais ?
Que sa voix innocente et jamais entendue,
Appelle en vain sa mere au tombeau descendue ?
Non ; c'est trop de rigueur. Nous quitterons ces lieux ;

Vous ne reverrez plus des objets odieux :
Nos deux noms inconnus périront sur la terre ;
Loin de vous, loin d'ici , bien loin de l'Angleterre ,
En quelque antre écarté je puis m'ensevelir :
La misere et l'exil ne me font point pâlir ;
Dans les bois, dans les flancs d'un rocher solitaire ,
J'irai, j'irai cacher et la fille et la mere.

HENRI, (*à part.*)

Je succombe.... Ah! Seimour !

BOULEN.

J'embrasse vos genoux.

HENRI.

Arrêtez.

BOULEN.

Dois-je encore espérer ?...

HENRI.

Levéz-vous.

Mon cœur voudrait, madame, exaucer vos prieres ;
Mais souvent un monarque a des devoirs séverés.
D'ailleurs à mes bontés faut-il avoir recours
Quand les juges n'ont point prononcé sur vos jours ?
Je ne puis deviner leur sentence suprême :
Attendez-la du moins ; je l'attendrai moi-même.
Je lui dois obéir : vous savez que les lois
Sont l'organe du ciel et commandent aux rois.
Puissiez-vous désarmer un tribunal sévere !
A ma fille... à la vôtre allez montrer sa mere.
Adieu.

SCENE IV.

BOULEN, HENRI, NORFOLK.

BOULEN.

JE sors. Et vous, témoin de ma douleur ;
Vous avez autrefois partagé ma grandeur :
J'ouvrais à vos conseils une oreille docile.
Vous rendiez grace alors à ma bonté facile ;
Mais la fortune change, il faut subir sa loi :
C'est à moi de prier pour mon frère et pour moi.
Vous, ne rejetez point votre triste famille ;
Songez à votre sœur, et contemplez sa fille ;
Sa fille, qui, perdant les bontés d'un époux,
N'a d'ami, de soutien, de protecteur que vous.

NORFOLK.

Je suis juge, madame, et l'équité m'enchaîne ;
Mon cœur ne connaît plus l'amitié ni la haine.

BOULEN.

Hélas !

Elle sort.

SCENE VI·

NORFOLK, HENRI.

HENRI, *préoccupé et regardant sortir Boulen.*

à part.   *à Norfolk.*

QU'ELLE est à plaindre ! Eh bien, qu'a dit Norris ?

NORFOLK.

De mes offres d'abord il a paru surpris.

HENRI.

Je le crois ; mais enfin servira-t-il ma haine ?

NORFOLK.

Il voudrait seulement parler devant la reine.

HENRI.

J'y consens ; devant elle : il remplit mes souhaits.

NORFOLK.

Il voudrait sous vos yeux confondre les forfaits.

HENRI.

Il me délivrera d'un fardeau qui m'accable :
Dès que je vis Seimour, Boulen devint coupable.
Elle usurpe en ces lieux la place de Seimour.

A la raison timide on doit en imposer,
Le braver, s'il le faut, mais souvent l'abuser,
Mêler adroitement la force et la prudence,
Éterniser l'erreur qui fait la dépendance.
Allés, et que le frein de mon autorité
S'il n'est chéri du peuple, au moins soit respecté.

Fin du second acte.

ACTE III.

SCENE PREMIERE.

BOULEN, CRANMER.

CRANMER.

L'ENTRETIEN d'un époux redouble vos alarmes !
Est-il vrai qu'il ait pu résister à vos larmes ?
Seul auteur de vos maux, les aurait-il aigris ?

BOULEN.

Ah c'est vous ! Laissez-moi reprendre mes esprits.

CRANMER.

Madame, expliquez-moi ce trouble inconcevable ;
Parlez.

BOULEN.

Je viens de voir cet époux redoutable,
Ou plutôt ce tyran : sans dépit, sans remord,
Il semble d'un œil calme envisager ma mort.
Le croirez-vous, Pontife ? il souffrait à m'entendre.
A le fléchir enfin ne pouvant plus prétendre,
Dans mes plus chers parents trouvant des ennemis,
J'allais revoir ma fille ; on me l'avait permis.

Dans ces lieux, où jadis avec tant de constance
Les flots d'adulateurs assiégeaient ma présence,
Je marche lentement, seule, et les yeux baissés,
Parmi des courtisans à me fuir empressés.
J'arrive. Quelle image et fatale et touchante!
Les bras tendus vers moi ma fille se présente;
Ma fille! elle a volé sur mes genoux tremblants;
Mais avec tant de joie et des cris si touchants!
Elle me caressait et mé faisait entendre
Les sons délicieux de sa voix faible et tendre.
« Ma mere, disait-elle, enfin je te revoi.
« Ah! voilà trop long-temps que je suis loin de toi!
« J'ai bien pleuré ». Ces mots, ce ton plein d'innocence,
Cette douce candeur, ces charmes de l'enfance,
Rien n'a pu dans mon cœur ramener le repos:
Je n'ai pour lui parler trouvé que des sanglots.
Que l'hymen est puissant! que ses nœuds sont augustes!
Mon époux ~~m'a livrée à des lois trop injustes.~~ *me, poursuit; ses rigueurs sont injustes:*
Mais quand Elisabeth paraît devant mes yeux,
Cet époux si cruel ne m'est plus odieux.
Je regardais ma fille, et je nommais son pere:
Souvent je la pressais sur le sein de sa mere;
Souvent je l'embrassais en l'arrosant de pleurs.
Plus sombre, et sans la voir, songeant à mes malheurs,
Avec un long soupir, interdite, égarée,
J'ai quitté cette chambre, et suis soudain rentrée;
Et, prenant tout-à-coup ma fille entre mes bras,

Vers le lit nuptial je m'avance à grands pas :
Je l'observe, et mes yeux de larmes s'obscurcissent ;
Mes genoux affaiblis sous moi s'appesantissent ;
Tout ce qui m'environne augmente ma terreur.
A l'instant, malgré moi, je pousse un cri d'horreur :
Hélas ! de ma raison j'avais perdu l'usage.
Je sors ; Elisabeth, courant sur mon passage,
En vain pour m'arrêter saisit mes vêtements :
Je fuis, je me dérobe à ses embrassements ;
Je fuis, pâle, tremblante, et presque inanimée,
Traînant le noir chagrin dont je suis consumée :
Craignant de rencontrer ces funestes objets,
Loin d'eux quelques moments je viens chercher la paix ;
Je ne puis la trouver dans cette ame abattue :
Toujours Elisabeth est présente à ma vue.
Insupportable poids de tant d'adversité !
Vains serments, nœuds cruels ! triste fécondité !
Que n'as-tu, Dieu puissant, tranché ma destinée,
Le jour, le jour affreux où je fus couronnée !

SCENE II.

BOULEN, SEIMOUR, CRANMER, ~~COURTISANS.~~

SEIMOUR.

La voici.

BOULEN.

Ciel! fuyons.

SEIMOUR.

Où portez-vous vos pas?

BOULEN.

Loin de vos yeux, madame.

SEIMOUR.

Ah! ne me craignez pas.

Je dois, je le sens trop vous paraître impor
Mais je viens consoler votre auguste infort
Je plains la cour superbe au sein de la gran
il n'aura point d'amis dans les jours du malh

BOULEN.

Est-ce vous qui parlez?

SEIMOUR.

C'est moi qui vous respecte.

CRANMER, à Boulen.

Madame, ah! que sa voix ne vous soit point suspecte.

BOULEN.

Amis, parents, époux, quand tout m'ose outrager,
C'est ma rivale, ô ciel! qui vient me protéger!

SEIMOUR.

Non, je ne la suis point; je suis votre sujette.

BOULEN.

Dans quel étonnement son langage me jette!

SEIMOUR.

Le temps est précieux, madame, écoutez-moi:
De son appartement j'ai vu sortir le roi;
Vos juges le suivaient: rien ne transpire encore;

Mais de jours plus sereins j'ose entrevoir l'aurore :
Du moins, en terminant cet entretien secret,
Il marchait vers ces lieux d'un regard satisfait.
Près de vous, avec vous, je veux ici l'attendre.
L'impure calomnie en vain se fait entendre ;
Ses clameurs, trop souvent plus fortes que les lois,
Ne pourront subjuguer n' mon cœur, ni ma voix :
Le bonheur que je veux n'est pas dans la puissance ;
Il est dans vos bontés et dans ma conscience ;
Ma grandeur.... c'est la vôtre. Ah ! vivons désormais,
Vous pour régner encor et verser des bienfaits,
Le roi pour oublier quelques moments d'ivresse,
Pour rendre à vos vertus sa premiere tendresse,
L'indigent pour vous voir et cesser de gémir,
Et moi pour vous aimer, vous plaire et vous servir.

BOULEN.

Hélas ! à chaque instant, sur la moindre apparence,
Un cœur infortuné resaisit l'espérance.
Je vous jugeais bien mal : me le pardonnez-vous ?
Mais ne différons plus ; courons vers mon époux.

SCENE III.

HENRI, BOULEN, SEIMOUR, CRANMER; NORFOLK, COURTISANS, PAGES, GARDES.

HENRI, *bas à Norfolk.*

il est tems qu'il paraisse.
NORRIS a tout promis; ~~c'est l'instant favorable.~~

Seimour.

Voici le digne objet d'une auguste tendresse ;
Celle qui vit son front par vos mains couronné.
Sire, présumiés vous, en ce tems fortuné,
qu'a des liens si beaux vous seriés infidèle ?
qu'un jour on oserait vous implorer pour elle ?
~~Si d'inquiets soupçons, des cris calomnieux~~
~~ont pu quelques moments la noircir a vos yeux,~~
~~Sa modeste douleur suffit pour les confondre ;~~
~~a ses persécuteurs c'est a vous de répondre~~
un injuste soupçon la noircit a vos yeux.
Ah ! bien loin d'écouter des cris calomnieux
a ses persécuteurs c'est a vous de répondre ;
un seul de ses regards
~~Son maintien~~ suffit pour les confondre ;
écoutés votre cœur un moment irrité.
Mais qui l'aimait... qui l'aime,
~~[illegible]~~ et qu'elle a mérité.

Henri

Cet aspect, vos accens ont des droits sur mon âme
et ce noble intérêt vous honore, madame.
Mais a l'empire entier je sais ce que je doi-
les juges de la reine ont paru devant moi.

Boulen.

et que m'annoncés vous ?

Henri.

que tout vous est contraire.
Sans doute on n'aura point l'aveu de votre frère.
les autres accusés...

Boulen.

ô ciel ! que dites vous ?
les autres...

Henri.

Boulen.
Quoi! je suis innocente, et par u...

HENRI.

La vérité par eux fut long-temps déguisée ;
Mais le ~~fatal~~ secret, madame, est révélé.

BOULEN.

Norris a pu..!

HENRI.

Norris n'a pas encor parlé.
Vous justifierait-il? osez-vous y prétendre?
Eh bien, dans ce moment je suis prêt à l'entendre,
à un garde.
Vous, courez à la tour ; amenez-moi Norris.

BOULEN.

Grand dieu !

HENRI.

Vous pâlissez ! Rappelez vos esprits.
Cet ordre vous surprend !

BOULEN.

Rien ne peut me surprendre
Je connais mon époux, et je dois vous comprendre.
Un jour sans doute, un jour... du moins vous rougir...
De l'horrible destin que vous me préparez.
Malheur à qui peut tout ! il peut vouloir un crime.
Mais un infortuné que la puissance opprime,
A de quoi raffermir son courage abattu :
Il est un tribunal qui venge la vertu ;
L'univers est soumis à ses lois redoutables :
L'innocent, condamné par des juges coupables,
Sous leur indigne arrêt tombant désespéré,

À... l'innocence... ... ... Les décrets des véritques.

Va soulever contre eux ce tribunal sacré.
Il meurt comblé de gloire au sein de l'infamie :
Il meurt ; et l'échafaud qui voit trancher sa vie,
Le couvrant tout-à-coup d'un éclat immortel,
Rend son nom plus auguste, et devient un autel.
C'est le sort que j'attends. En vain calomniée,
Dans le fond de mon cœur je suis justifiée.
Ce cœur est devant vous prêt à se découvrir,
Et je puis me louer, puisque je vais mourir.
Je me rendrai justice : elle m'est refusée.
J'avouerai cependant qu'autrefois abusée,
M'occupant de vous seul, et cruelle par vous,
Bien plus que sa grandeur adorant mon époux,
Séduite par l'amour, j'ai vu d'un œil paisible
Couler les pleurs amers d'une reine sensible :
Vous m'en voyez répandre à ce seul souvenir.
Je fus coupable. Hélas ! deviez-vous m'en punir ?
Mais, depuis ce moment où le saint hyménée
Au destin de mon maître a joint ma destinée,
J'ai long-temps sur vos jours versé quelque douceur :
~~Mère, mère trop tendre, et vertueuse sœur,~~
~~Épouse irréprochable, et reine bienfaisante ;~~
Sire, ma vie entiere à vos yeux est présente ;
La vertu, le devoir, ont marqué tous mes pas…
Vous pouvez maintenant prononcer mon trépas.

HENRI.

A la vertu, madame, accorder un refuge,
C'est le plus bel emploi d'un monarque et d'un juge :

Mais quand tout vous accuse, ai-je lieu de douter?
Est-ce vous seule enfin que l'on doit écouter?
D'autres ont avoué votre commune offense;
Nous verrons si Norris prendra votre défense:
Norris peut nous donner des éclaircissements.
Il vient.

SCENE V.

CRANMER, BOULEN, NORRIS, HENRI,
NORFOLK, SEIMOUR, COURTISANS,
PAGES, GARDES.

NORRIS.

Je me rends, sire, à vos commandements.
Dans ces lieux redoutés vous m'avez fait conduire.

HENRI.

Oui: j'ai voulu te voir, et tu peux nous instruire.
Rassure-toi, Norris; parle sans te troubler.

NORRIS.

Vous me connaissez mal; je ne saurais trembler.

HENRI.

Ne me déguise rien.

NORRIS.

J'y consens, je le jure.
Ma bouche a de tout temps ignoré l'imposture.

HENRI.

Va, je ne doute point de ta sincérité;

Ton maître de ta bouche attend la vérité.

NORRIS.

Au serment que j'ai fait mon cœur sera fidele.

HENRI.

Tu vois la reine ; il faut t'expliquer devant elle.

NORRIS.

Sa présence n'a rien qui me puisse arrêter ;
Et, je dirai bien plus, j'ai dû la souhaiter.
Je déteste le crime, et je vais le confondre.

BOULEN.

Grand dieu !

HENRI.

Je suis content ; mais songe à me répondre.
Parle ; est-elle coupable ?

BOULEN, à Norris.

Osez-vous m'accuser ?
Cruel ! de son malheur pouvez-vous abuser ?
Ah ! mes persécuteurs n'ont que trop de puissance.

HENRI.

Madame !

BOULEN, à Norris.

Au nom d'un dieu vengeur de l'innocence,
D'un dieu qui nous rassemble, et qui dans ce moment
A du haut de son trône entendu ton serment,
Par le sein qui jadis a nourri ton enfance,
Tu peux encor, tu dois embrasser ma défense.
Si ma faiblesse en toi trouve un accusateur,
Ton cœur m'en est témoin, tu n'es qu'un imposteur.

NORFOLK.

L'innocence est toujours calme et sans violence.

HENRI.

Contenez-vous, madame, et gardez le silence.

SEIMOUR.

Ah! sire, ayez pitié de ses cris douloureux,
Et permettez du moins la plainte aux malheureux.

NORRIS.

Reine, jusqu'à la fin tâchez de vous contraindre.

CRANMER, *à Norris.*

Respectez son malheur.

NORRIS.

         Vous paraissez la plaindre!
Ah! je ne croyais point que la reine aujourd'hui
Auprès de son époux conservât quelque appui.

HENRI.

Il n'importe; instruis-nous: c'est trop long-temps attendre.

NORRIS.

Je vous obéis, sire, et vous allez m'entendre.
Il est des cœurs pervers que je vais affliger;
Mais le mien désormais ne doit rien ménager.
Voici la vérité simple et sans indulgence.
Par le sein qui jadis a nourri mon enfance,
Par le dieu qu'on atteste, et qui dans ce moment
A du haut de son trône entendu mon serment,
Par son équité sainte, inflexible et puissante,
La reine...

HENRI.

Eh bien !

NORFOLK.

Parlez.

NORRIS.

La reine est innocente.

TOUS LES PERSONNAGES, excepté NORRIS.

Ciel !

NORRIS, *à la reine.*

Suis-je un imposteur ?

NORFOLK, *à part.*

Se peut-il ?..

HENRI, *à part.*

Je frémis.

Bas à Norfolk.

Sont-ce là les discours que vous m'aviez promis ?

NORFOLK.

Tu nous trompes, Norris.

BOULEN.

Vous penseriez !..

HENRI.

Oui, traître,

Et tu seras puni d'oser braver ton maître.

NORRIS.

J'ai dit la vérité : je suis prêt à mourir.

J'ai mérité mon sort, car j'ai pu te chérir :

J'ai vu ramper ta cour, et j'ai rampé moi-même.

Je touche avec plaisir à ce moment suprême

Où finit la puissance, où naît l'égalité,
Où l'homme assujetti reprend sa liberté.
Malgré toi, devant toi, j'honore ta victime ;
Je rends à ses vertus un tribut légitime :
Toi seul es criminel, toi qui proscris ses jours,
Toi dont le cœur est plein de fraude et de détours ;
Toi qui dans ma prison m'as fait offrir la vie
Si je voulais contre elle aider ta barbarie.

montrant Norfolk.

Ce méchant, de ta part, a pu me proposer
De conserver le jour en osant l'accuser.
A vos coupables vœux si j'ai semblé répondre,
Tous deux avant ma mort je voulais vous confondre.
Agent fidele, et toi, roi féroce et jaloux,
Vous vous trompiez tous deux ; vous me jugiez par vous ;
Vous ne pouviez compter sur un cœur magnanime.
Tout pâlit, tout se tait, au récit de leur crime !
Roi, tu pâlis toi-même et tu baisses les yeux !

HENRI.

Les bourreaux vont punir ton mensonge odieux.

NORRIS.

J'oserai sous leurs coups braver ta tyrannie.
Moi, racheter mes jours par une calomnie !
La vie est-elle un bien quand on vit sous ta loi ?
Norfolk, instruisez-vous ; je fus l'ami d'un roi.

HENRI.

Penses-tu qu'à mes yeux tes outrages l'excusent ?
Réponds : que diras-tu ? Tes complices l'accusent.

Que diras-tu? Norfolk les a tous entendus.

NORRIS.

Je ne dirai qu'un mot, c'est qu'ils te sont vendus.
Que je vous plains, madame! Ah! vos juges sinistres
Seront de sa fureur les plus zélés ministres:
Ils vont de notre sang acheter ses bienfaits:
Vous aurez, s'il le faut, commis tous ses forfaits.
On vous ose imputer l'inceste et l'adultere:
Si le ciel n'eût fini les jours de votre pere,
Vous seriez parricide, et, pour vous condamner,
Ce roi juste et clément l'eût fait assassiner.

HENRI, *aux gardes.*

Avant de décider du sort de sa complice,
Allez, et qu'à l'instant on le livre au supplice.

NORRIS.

Ah! je respire enfin. Tu combles mon espoir.

HENRI.

Quoi! perfide!...

NORRIS.

Est-il prêt? Je suis las de te voir.

HENRI.

Va, cours dans les tourments finir ta destinée.

NORRIS.

Adieu donc, roi coupable, et reine infortunée
A qui le ciel devait de plus heureux destins:
Voilà comme un tyran gouverne les humains.

Henri.

arrête — écoutez moi : faisons taire la haine :
[illegible] à la tour et [illegible] et la reine ;
je révoque l'arrêt que je viens de dicter ;
la loi fait mon pouvoir ; je dois la respecter.

Boulen.

[illegible]

Norton.

Que dit-il ?

Henri.

Norfolk, on vous accuse ;
[illegible] les juger ; c'est moi qui [illegible]

Seymour.

[illegible]

Henri.

[illegible] la [illegible]
outragé par [illegible] et [illegible] par vous,
[illegible]
[illegible] et non pas la vengeance [illegible]

Norris.

D'injustes fureurs voudrais tu venge[r]
Moi même au repentir ~~vaudrais~~ tu me forc[er]
　　　　　　　　　　prétend
Croirais que norfolk ~~à toi t'offensa~~
~~que...l'intime du crime~~ esclave volonta[ire]
　　　　　　　avec son lâche pe[u]
il t'ait prêté sans ~~...~~ ministè[re]
achève; laisse lui le forfait tout...
tu peux de la vertu retrouver le s[en...]
tu le pense: mais écoute sa voix qu[i]
　　　　　　　　　　　　　réclame
contre à dernier crime ne différe point t[...]
profite des leçons qu'elle t'offre aujour[d']
　　　　　　　　　　　　　ami
　　montrant boulen et simour
Roi; voici ton épouse, et voilà son ap[...]
allons, soldats.

henri égaré.
partout j'entrevois un abym[e]

simour.
ah! ne redoutes par un retour magn[...]

boulen.　　　　　　　　　　　　- m
Sires, je vais attendre ou la vie ou la [mort]
　　　henri montrant la chambr[e]
　　　　　　　　ou il se retire
qu'aucun n'entre en ce lieu.

norris.
laisse entrer le demor[d...]

fin du troisième acte.

Ma chere Elisabeth, et mon malheureux frere,
Et tous les accusés unis à ma misere.
Vous, qui me succédez, consolez mes sujets.
        à Norfolk.
Toi, qui d'un prix si lâche as payé mes bienfaits,
Va, le ciel remplira ma derniere espérance :
J'ose, en quittant ces lieux, t'annoncer sa vengeance.
Aux mains des oppresseurs s'il me livre aujourd'hui,
Va, mes derniers soupirs monteront jusqu'à lui.
Le ciel prête aux mourants des accents prophétiques,
Et je connais du roi les dégoûts despotiques.
Tu gémiras un jour sous le poids des revers :
Il sera mon vengeur ; tu porteras des fers :
Sois sûr que ses décrets, une fois légitimes,
Te placeront toi-même au rang de ses victimes :
Des juges tels que toi, dans la cour avilis,
Dresseront de leurs mains l'échafaud de ton fils.
Tu songeras alors à ta niece mourante ;
Tu la verras sans cesse à tes côtés errante ;
Et, si tu ne meurs point sous le glaive des lois,
Déchiré de remords, plus malheureux cent fois,
Blanchi dans l'esclavage et dans l'ignominie,
Sans fils, sans héritier, tu maudiras ta vie ;
Tu traîneras des jours pleins de deuil et d'effroi ;
Et le sang innocent retombera sur toi.

Fin du troisieme acte.

ACTE IV.

SCENE PREMIERE.

BOULEN, ~~seule~~. +

DANS l'horreur des cachots me voilà replongée!
Du vil poids de ces fers je suis encor chargée!
Loin de tout l'univers, sans amis, sans secours,
J'attends le coup fatal qui doit trancher mes jours.
~~D'une si~~ De cette longue mort l'amertume est affreuse.
J'ai vécu sur le trône : étais-je plus heureuse?
Non. Le bandeau royal, temoin de mes douleurs,
Fut souvent en secret arrosé de mes pleurs;
J'ai souvent détesté ma grandeur importune,
Et je n'ai fait encor que changer d'infortune.
Sous des cieux plus sereins, hélas! en d'autres lieux,
J'ai vu pourtant couler des jours moins odieux.
Oh! qui me les rendra, ces jours de mon enfance?
Roi, peuple fortuné, doux climat de la France,
Pour ce sanglant rivage, où j'ai reçu le jour,
Devais-je abandonner ton aimable séjour?
Devais-je, en m'éloignant de ta rive chérie,
Chercher tant de malheurs au sein de ma patrie?
Ah! peut-être ma mort obtiendra des regrets:

+ L'espérance me quitte au fond de cet abîm
Ce tombeau des vivans, a repris sa victim
Tour, complice des rois, toi qui vis si long
De Lancastre et d'York les caprices sangla
Souvent tu renfermas dans tes murs redou
D'illustres innocens et de fameux coupab
Mais jamais avant moi d'objet infortun
Succombant sous l'époux qui l'avait couro

J'ai mérité, je crois, l'amour de mes sujets.
Mais que deviendras-tu, ma fille infortunée?
Je crois la voir, hélas! qui seule, abandonnée,
Devenant pour son pere un objet odieux,
Essuyant les affronts, n'ayant devant les yeux
Que mon injuste honte et sa mere sanglante...
Ma fille! ah! loin de moi cette idée accablante!
Barbares, avancez l'instant de mon trépas;
Frappez.... J'entends du bruit: on porte ici ses pas.

SCÈNE II.

BOULEN, CRANMER.

Cranmer.

~~BOULEN~~

approuvez... boulen...

~~CRANMER en ma prison!~~ quel sujet vous amene?

CRANMER.

L'ordre du roi, madame, *et l'ordre de sa haine.*

BOULEN.

Et qu'ordonne sa haine?

CRANMER.

Il a signé l'arrêt des ministres des lois.

BOULEN.

Quel est-il?

CRANMER.

C'en est fait; leur criminelle voix
A prononcé...

il a signé l'arret. cet arret...

boulen.

Cst la mort.

cranmer.

les autres accusés ont terminé leur sort.

HENRI VIII.

BOULEN.

Ma mort.

CRANMER.

Ô barbare sentence !

BOULEN.

Je l'attendais, Cranmer, avec impatience.
Mais sans doute mon frere est aussi condamné ?

CRANMER.

Hélas !

BOULEN.

Expliquez-vous.

CRANMER.

Ce frere infortuné,
Si digne de nos pleurs et de votre tendresse....

BOULEN.

Achevez.

CRANMER.

Il n'est plus.

BOULEN.

Je reprends ma faiblesse.

CRANMER.

Condamnés comme vous par un même décret,
Les autres accusés ont subi leur arrêt ;
Par un trépas honteux leur vie est terminée.

BOULEN.

C'est moi qui les immole ! Étrange destinée !
Complot vil et barbare ! inutile fureur !

tous ? boulen.

Cranmer.

tous. boulen.

Fureur impie ! horrible... actif
en les assassinant tu partais de juste
roi perfide !... on croyait a la feinte de

Mon frere, il ne fallait égorger que ta sœur.
Il n'est plus, le soutien du sang qui m'a fait naître!
A ses derniers soupirs il me nommait peut-être,
Et je n'ai pu l'entendre et répondre à sa voix!
Je n'ai pu l'embrasser pour la derniere fois!
Reçois du moins ces pleurs; qu'ils consolent ta cendre:
Mon frere, auprès de toi mon ombre va descendre.
Vous, sujets vertueux, dignes d'un sort plus beau,
Vous, que mon amitié précipite au tombeau,
Qui subissez pour moi la honte et les supplices,
Vous, de mon innocence infortunés complices,
Parmi tant de malheurs il m'eût été bien doux
D'ignorer votre sort, d'expirer avant vous.

CRANMER.

Ceux de qui la faiblesse un moment abusée,
Pour conserver le jour vous avaient accusée,
Ont, en se rétractant, reçu le coup mortel:
Oui, de votre innocence ils attestaient le ciel;
Tous vous rendaient justice.

BOULEN.

Ah! celui qui m'accable
Dans le fond de son cœur ne me croit point coupable.

CRANMER.

J'allais, vous le savez, tomber aux pieds du roi;
Votre Seimour en pleurs devait se joindre à moi:
Mais, tandis qu'à nos yeux il se rend invisible,
C'est moi qui vous annonce un arrêt inflexible!

Au moment ou l'arrêt 18 parenthèse ... yeux
Votre Seimour en pleurs venoit se joindre à moi
pour empêcher la main du Seigneur la[...]
pour lui demander grace au nom de l'innocence
pour implorer du moins le droit d'humanité
Que le bienfait des loix laisse a la royauté.
Mais à nous fuir tous deux henri met son [...]
Soit qu'il ait épuré l'air de la servitude
Soit que d'un or coupable il recueille le fruit

Le cruel me gardait ce ministere affreux.

~~BOULEN.~~

~~Vous n'avez pu le voir?~~

~~CRANMER.~~

Un ordre rigoureux
De son appartement nous interdit l'entrée :
~~À vos persécuteurs son oreille est livrée,~~
~~Et de vos défenseurs il rend les pas.~~

BOULEN.

Le pere de ma fille a signé mon trépas !
Mais vous me l'annoncez ; mais je vous vois encore.

CRANMER.

Vous me percez le cœur.

BOULEN, *après un silence.*

Souvenir que j'abhorre !

Prévenant les souhaits de mon barbare époux,
Supportant ses froideurs, ses caprices jaloux,
Dans ces profonds ennuis nés du pouvoir suprême,
Lorsque sa cruauté, le tourmentant lui-même,
Étendait sur son front le voile des douleurs;
Plus triste, plus à plaindre, et dévorant mes pleurs,
Moi, souvent près de lui son esclave tremblante,
Je lui faisais entendre une voix consolante.
Vœux, soins, respect, amour, il a tout oublié.
J'aurais dû le prévoir ; les rois sont sans pitié :
Ils ont reçu du ciel un rang qui les dispense
De vertu, de tendresse et de reconnoissance.
Il valait mieux sans doute, au pied de nos autels,

Recevoir les serments du dernier des mortels :
Il n'eût point dans son cours interrompu ma vie ;
Et , si l'arrêt du sort me l'eût sitôt ravie ,
Sa présence eût au moins attendri nos adieux ,
Et la main d'un époux m'aurait fermé les yeux.
Vous voyez cet abyme où je suis descendue :
C'est un roi qui m'aimait ; c'est lui qui m'a perdue ;
C'est lui qui maintenant se plaît à m'accabler.
Mais c'est trop peu ; sa rage ose encore immoler
Des sujets innocents , mes amis , ma famille. . . .
Si je pouvais au moins voir un instant ma fille !

CRANMER.

Vous la verrez , madame.

BOULEN.

Ah ! que m'annoncez-vous ?

CRANMER.

Le roi. . . .

BOULEN.

Ne m'ôtez pas un espoir aussi doux.

CRANMER.

Non ; bientôt la princesse en ce lieu va paraître.

BOULEN.

Ma fille ! est-il bien vrai ? Vous me flattez peut-être ?

CRANMER.

Votre époux y consent.

BOULEN.

Il adoucit mon sort ;

Et je peux à ce prix lui pardonner ma mort.

CRANMER.

Sa mort.....tu la permets, ô juste providence!

BOULEN.

De l'accuser, Pontife, aurions-nous l'imprudence?
Religion divine, appui des malheureux,
Prête à mon cœur flétri tes secours généreux:
Ce cœur est accablé par l'injustice humaine;
Il a besoin d'un Dieu pour supporter sa peine:
La vertu sous le glaive implore son auteur,
Et dans le ciel au moins cherche un consolateur.
Grand Dieu, des opprimés où serait l'espérance,
Quel prix dans le malheur soutiendrait leur constance,
Si notre ame, en quittant ce monde criminel,
Ne trouvait devant soi qu'un néant éternel?
Non; j'aime à le penser, cette ombre de la vie
D'un jour plus véritable est sans doute suivie;
Un avenir plus pur se présente à mes yeux:
Les maux sont ici-bas; les biens sont dans les cieux.
Là disparaît enfin l'orgueil du rang suprême;
Tout renaît en Dieu seul, tout est grand par Dieu même;
Là, jamais le coupable heureux et couronné
N'écrase l'innocent à ses pieds prosterné.

SCENE III.

BOULEN, ÉLISABETH, CRANMER,
UNE FEMME de la suite d'Élisabeth.

ÉLISABETH.

Quelle nuit !

BOULEN.
Voilà donc cette voix qui m'est chere !

ÉLISABETH.
Où me conduisez-vous ? Je ne vois point ma mere.

BOULEN.
La voici qui t'appelle.

LA PRINCESSE.
Ah ! c'est toi que j'entends !

BOULEN.
Vous pouvez me quitter, Pontife ; il en est temps :
J'embrasse Elisabeth ; mon ame est plus tranquille :
N'exposez point vos jours par un zele inutile.
Mais je voudrais parler à mon second appui :
Allez trouver Seimour ; allez, et dites-lui
Que j'ose en ma prison souhaiter sa présence :
Son cœur ne sera point las de sa bienfaisance ;
J'en juge par le mien.

CRANMER.
Je cours vous obéir :
Mais le roi m'entendra quand je devrais périr ;

18.

Et je pourrai du moins bénir son injustice
S'il permet que je meure avant ma bienfaitrice.

Il sort.

SCENE IV.

BOULEN, ÉLISABETH, UNE FEMME de sa suite.

BOULEN.

JE vais goûter encor quelques moments bien doux :
Embrasse-moi, ma fille, et viens sur mes genoux.

ÉLISABETH.

Ma mere, ce matin comme tu m'as laissée !

BOULEN.

Quel souvenir amer revient à ma pensée !

ÉLISABETH.

Autrefois tu m'aimais, tu ne me quittais pas ;
Souvent durant les nuits je dormais dans tes bras.

BOULEN.

Elle n'aura donc plus une mere auprès d'elle !

ÉLISABETH.

Pendant toute la nuit vainement je t'appelle.

BOULEN.

Ma fille, à chaque mot veux-tu me déchirer ?

ÉLISABETH.

Comme toi maintenant je ne fais que pleurer.

BOULEN.

Combien tous ses discours ont de grace et de charmes !

ÉLISABETH.

Ma mere !...

BOULEN.

Quoi ! sa main veut essuyer mes larmes.

~~ÉLISABETH.~~

élisabeth.

Mais d'ou vient ta douleur ?

boulen.

ah! crains de le savoir.

Élisabeth.

quitte ce noir séjour. ~~Quitterai-je ce lieu~~

boulen.

J'en sortirai ce soir.

élisabeth.

Quel est donc le méchant qui te fait tant de peine ?

BOULEN.

Un puissant ennemi m'accable de sa haine,
Pour prix de ma tendresse, il a proscrit mes jours.

ÉLISABETH.

Eh ! que n'appelles-tu mon pere à ton secours ?

BOULEN.

Son pere !

ÉLISABETH.

Il te chérit ; il viendra te défendre.

BOULEN.

Lui ! tu le crois ?

ÉLISABETH.

Mon pere ! ah ! s'il pouvait m'entendre !
On fait tout ce qu'il veut.

BOULEN.

Oui : je le sais trop bien.

ÉLISABETH.

Allons auprès de lui... Tu ne me réponds rien ?

BOULEN.

Enfant, n'hérite pas du malheur de ta mere :
Sur-tout dans ses rigueurs crains d'imiter ton pere.

SCENE V.

BOULEN, ÉLISABETH, SEIMOUR,
UNE FEMME de la suite d'Élisabeth.

SEIMOUR.

QUEL spectacle touchant se présente à mes yeux !

BOULEN.

Ah ! venez ; votre aspect me manquait en ces lieux.

SEIMOUR, *baisant la main de Boulen.*

Reine...

BOULEN.

Que faites vous ?

SEIMOUR.

Votre douleur me tue.
Le roi, vous le savez, se cache à notre vue ;
Mais il m'a fait au moins permettre de vous voir :
Je me rends à vos vœux ; je remplis mon devoir.

BOULEN.

Je voudrais vous parler ; ordonnez qu'on nous laisse.

SEIMOUR.

C'est moi qui répondrai de la jeune princesse :
Allez.

La femme de la suite d'Elisabeth sort.

SCENE VI.

ELISABETH, BOULEN, SEIMOUR.

BOULEN.

Daignez encor vous asseoir près de moi.
Ce siége informe et vil vous cause un peu d'effroi ;
Désormais, je le sais, vous ne devez prétendre
Qu'à ce trône pompeux d'où je viens de descendre.
Je suis prête à rejoindre et mon frere et Norris :
Avant que par les lois mes jours fussent proscrits,
M'abreuvant à longs traits d'un poison redoutable,
J'ai connu des grandeurs l'ivresse inévitable :

Elle enchantait mes sens plongés dans le sommeil.
Le songe est achevé; mais quel affreux réveil!
Un trône! un échafaud!

SEIMOUR.

                    C'est trop de tyrannie...
Loin de moi la couronne.

BOULEN.

            Il y va de la vie.

~~SEIMOUR~~

~~J'en suis lasse.~~

~~BOULEN~~

vivés, Con ~~Armez-vous~~ *Servez vous* pour tant de malheureux,
Qui n'ont plus d'autre espoir qu'en vos soins généreux.
Vivez pour cet enfant; soulagez sa misère:
Songez qu'Élisabeth a besoin d'une mere.
Je la mets en vos bras; devenez son appui;
Adoptez-la; mon cœur vous la lègue aujourd'hui.
Quand je ne serai plus, quand sa voix gémissante
Prononcera le nom d'une mere innocente,
Alors à ses regards daignez vous présenter,
Daignez du nom de fille un moment la flatter:
Trompez-la, s'il se peut, à force de tendresse,
Et mêlez à vos soins quelque douce caresse.
Ah! je vous parle en mere; un jour vous le serez;
Vos fils en votre cœur lui seront préférés:
Mais ne l'oubliez pas, mais qu'elle vous soit chere;
Mais ne traitez jamais ma fille en étrangere.
Elle ne prétend plus au dangereux honneur

D'un rang, vous le voyez, qui n'est point le bonheur.
Du moins, au nom du ciel qui voit couler nos larmes,
Au nom de ces moments pleins d'horreur et de charmes,
Du moins que mon époux perde mon souvenir ;
Qu'il réserve à sa fille un plus doux avenir :
Que son ame plus juste, et par vous attendrie,
Ne lui reproche point le sein qui l'a nourrie.
Trop jeune en ce moment, elle ne conçoit pas
Son malheur, et ma honte, et mon prochain trépas :
A son oreille un jour, dans un âge moins tendre,
L'affreuse vérité viendra se faire entendre.
Vous la consolerez. Dites-lui nos adieux ;
Dites que, subissant un arrêt odieux,
Sa mere qui l'aima, sa mere déplorable,
Mourut sur l'échafaud, mais sans être coupable.
Dites-lui que son cœur, fidele à me chérir,
Doit gémir de mon sort, et non pas en rougir.
J'ai vécu ; c'en est fait : je meurs abandonnée ;
Mais la vertu n'est pas toujours infortunée.
Mon amour vous unit, vous confond toutes deux :
Puisse le ciel, propice au dernier de mes vœux,
Toutes deux vous couvrir de sa main tutélaire !
Puissent vos jours nombreux ignorer sa colere !
Puissent-ils s'écouler avec tranquillité
Dans un bonheur égal à mon adversité !

SCENE VII.

ÉLISABETH, BOULEN, SEIMOUR, LE COMMANDANT DE LA TOUR, GARDES.

LE COMMANDANT.

Madame...

BOULEN.

Injuste mort, ta présence est funeste !
Ma fille, chérissez la mere qui vous reste ;
Mais chérissez toujours, songez à regretter
Celle qui vous fit naître et qui va vous quitter.
Il faut partir. Adieu.

Elle s'éloigne.

ÉLISABETH.

Quoi ! déja tu me laisses !

BOULEN, *revenant à grands pas.*

Reçois, trop chere enfant, mes dernieres caresses.

ÉLISABETH.

Ô ma mere ! où vas-tu ?

BOULEN.

Que lui répondre, hélas !

ÉLISABETH.

Reviendras-tu bientôt ?

BOULEN.

Je ne reviendrai pas.

SEIMOUR.

Craignez d'exécuter la sentence cruelle,

Vous, soldats, vous, témoins de ma douleur mortelle,
Vous qui la partagez, vous que j'entends gémir....
Mais que dis-je? en pleurant ils voudront obéir.
Reine, de trop d'horreurs je suis environnée.
Mourante plus que vous, plus que vous condamnée,
Je veux auprès du roi précipiter mes pas:
Je vais, je cours à lui, cet enfant dans mes bras.

BOULEN.

Bien loin de le fléchir vous auriez tout à craindre.

SEIMOUR.

A sentir la pitié je saurai le contraindre.

BOULEN.

Ne vous abusez point; tout est fini pour moi.
Ô ma fille, aujourd'hui je ne vis plus qu'en toi.
C'est mon Élisabeth, c'est mon sang, c'est ma vie;
C'est plus que moi, madame; et je vous la confie.
Je suis prête; marchons. Soldats, séchez vos pleurs;
Qu'est-ce donc que la mort? le terme des malheurs.
Quand je vais expirer sous le pouvoir du crime,
Plaignez un roi bourreau, mais non pas sa victime.
Affermis mon courage, ô clémence d'un Dieu!
Madame... aimez-la bien; c'est votre fille. Adieu.

Fin du quatrieme acte.

ACTE V.

SCENE PREMIERE.

HENRI, PAGES ET GARDES *aux portes du palais.*

Oh! qui pourra calmer ma sombre inquiétude?
J'ai besoin de repos, besoin de solitude.
A mon ordre, à ma voix chacun s'est retiré:
Que dis-je? sur mes pas le remords est entré;
Il me suit, il est là, je le sens qui me presse:
Il combat sans succès ma fatale tendresse.
Je les entends tous deux: Quand elle dit, *Seimour,*
Le remords dit, *Boulen.* Le crime avec l'amour!
Combien je hais Norfolk, mon indigne complice!
Mais j'ai dicté l'arrêt. Boulen marche au supplice!
Malheureux! Dans ton cœur vainement combattu
Le remords n'est qu'un cri stérile et sans vertu:
D'un repentir profond ton ame est ennemie;
Tu veux le fruit du crime et non son infamie.
Allons. De mes tourments l'amour doit me payer:
Moi-même auprès de lui puissé-je m'oublier!
Mais Catherine aux pleurs, à l'exil condamnée,
Mais Boulen, plus chérie et plus infortunée,
Je les rejette en vain loin de mon souvenir;

Je ne pourrai tromper ni moi ni l'avenir.

Observant les statues des rois d'Angleterre.

Je vois en frémissant ces images funebres.

Richard, roi meurtrier, chef des tyrans célebres,

Henri sept a puni tes forfaits signalés:

Console-toi, son fils les a tous égalés.

SCÈNE II.

HENRI, CRANMER, COURTISANS, PAGES, GARDES.

CRANMER.

Pardon, sire!

HENRI.

Des lois que nul ne peut enfreindre

Ont condamné Boulen; je ne dois que la plaindre.

CRANMER.

Ce jugement affreux vous l'avez pu souffrir!

HENRI.

Téméraire!

CRANMER.

O mon roi, laissez-vous attendrir!

Quel sang répandez-vous? quelle est vôtre victime?

Si l'arrêt du trépas peut être légitime,

Si la loi peut jamais verser du sang humain,

C'est quand le criminel en a souillé sa main.

Livrez-vous à la mort une épouse homicide?

A-t-elle en votre sein plongé son bras perfide?
Non, non ; laissez briser votre inflexible cœur ;
De vos cruels soupçons abandonnez l'erreur.
D'un crime, quel qu'il soit, la reine est incapable :
Sauvez, sauvez ses jours ; et, fût-elle coupable,
An nom du Dieu clément dont vous suivez les lois,
Du Dieu qui pardonnait en mourant sur la croix,
Ecoutez-le ce Dieu, votre roi, votre maître ;
Il vous ordonne ici, par la voix de son prêtre,
De ne point accabler d'un injuste courroux
Le vertueux objet dont vous étiez l'époux.
Craignez le repentir amer, inexorable,
Le repentir vengeur d'un mal irréparable ;
Ne vous préparez point des remords éternels :
Songez que Dieu punit les princes criminels.

HENRI.

Cessez...

CRANMER.

Non. Si ma voix vous semble trop hardie,
Prenez mes jours, prenez ce reste de ma vie.
Vous me verrez sans peine expirer sous vos coups
Si je puis en mourant sauver la reine et vous.
Qui vous. Son souvenir vous poursuivrait sans cesse ;
Il corromprait vos jours usés par la tristesse.
Excusez le désordre où vous plongez mes sens ;
Mais soyez, devenez sensible à mes accents,
A la voix d'une épouse, au vœu de la patrie,
Au vœu d'un peuple entier qui se plaint et qui crie,

Au désir de Dieu même, à son commandement.
Le temps presse ; parlez : vous n'avez qu'un moment.
L'échafaud est dressé ; sa mort est toute prête ;
Déja le fer peut-être est levé sur sa tête :
Elle invoque en pleurant son époux et son roi.

Appercevant Seimour.

Venez, venez, madame, et joignez-vous à moi.

SCENE III.

HENRI, SEIMOUR, ELISABETH
dans les bras de Seimour, CRANMER,
UNE FEMME d'Élisabeth, COURTISANS,
PAGES, GARDES.

HENRI.

SE peut-il ?... Quel objet se présente à ma vue !

CRANMER.

Ah ! que par cet objet votre ame soit vaincue !

SEIMOUR.

se jetant aux pieds du roi.

Sire !..

HENRI.

Eh bien ?

SEIMOUR.

Je succombe... Eh quoi ! vous souffrirez...

HENRI.

Levez-vous.

19.

SEIMOUR.

Non , je reste à vos genoux sacrés.

montrant Élisabeth.

J'ai couru... Vous voyez...

HENRI.

Vous répandez des larmes!

SEIMOUR.

Calmez , daignez calmer de trop vives alarmes.
La reine est innocente, et s'avance au trépas :
Au nom de cet enfant, ne le permettez pas ;
Au nom d'Élisabeth... contemplez son visage ;
Cédez à la nature en voyant votre image,
Et celle d'une épouse , et ces traits si touchants ,
Ces traits que vos regards ont adorés long-temps.
Vous l'aimez ; pouvez-vous ne plus aimer sa mere ?
Pouvez-vous l'immoler? l'oserez-vous?

ÉLISABETH.

Mon pere!

HENRI.

à part.

Le crime fait souffrir ; je le sens malgré moi.

ÉLISABETH.

Je croyais retrouver ma mere auprès de toi.

HENRI.

à part.

Sa mere!

ÉLISABETH.

Où donc est-elle?

HENRI.

à part.

Ô contrainte cruelle !

haut.

Ma fille ! Élisabeth !... Dieu, que fais-je !

SEIMOUR.

Oui, c'est elle.

Oui, c'est Élisabeth, l'enfant de votre amour ;
Au sein qu'on va frapper elle a puisé le jour :
De la reine et de vous elle a serré les chaînes :
Le sang de tous les deux est mêlé dans ses veines.
Ne fuyez point sa voix et ses pleurs innocents ;
Ne vous détachez point de ses bras caressants :
Regardez votre fille à vos pieds qu'elle embrasse ;
Hélas ! autour de vous tout vous demande grace ;
Des pleurs qu'elle répand tous les yeux sont noyés :
Vous même... Ah ! mes amis, tombez tous à ses pieds :
L'instant de la clémence est arrivé peut-être ;
Parlez, priez, pressez ; fléchissez votre maître.

Cranmer et tous les courtisans se jettent aux pieds
de Henri.

HENRI.

C'en est assez, madame ; il faut donc...

SEIMOUR.

Achevez :

Je meurs à vos genoux si vous ne la sauvez.

HENRI.

Pontife, allez, courez, suspendez le supplice ;

Cranmer sort.

J'écoute l'indulgence et non pas la justice.
Mais tandis que Boulen va rentrer dans ces lieux,
Qu'on fasse retirer cet enfant de mes yeux ;
A tant d'émotion mon cœur ne peut suffire.

On emmene Elisabeth.

SCENE IV.

HENRI, SEIMOUR, COURTISANS, GARDES.

SEIMOUR.

J'AI sauvé l'innocence ; à la fin je respire.

HENRI.

Eh quoi ! toujours des pleurs !

SEIMOUR.

Ah ! laissez-les couler ;
De ceux que j'ai versés ils vont me consoler :
Ils sont doux maintenant. Partagez mon ivresse,
Répandez avec moi ces larmes d'alégresse ;
La reine enfin triomphe et retrouve un époux.

HENRI.

La reine ! un si beau nom n'est plus fait que pour vous.

SEIMOUR.

L'ai-je entendu, grand Dieu !

HENRI.

Quelle est votre espérance ?

SEIMOUR.

Quoi ! ne venez-vous pas...

HENRI.

D'écouter la clémence,

De révoquer, madame, un arrêt rigoureux.

SEIMOUR.

Eh bien ! ne soyez pas à demi généreux.

Vous avez aux tourments enlevé la victime ;

Mais ce n'est point assez : rendez-lui votre estime ;

Rendez-lui cet amour qui ne m'était point dû ;

En un mot, rendez-lui tout ce qu'elle a perdu.

Que deux fois votre main l'élève au rang suprême :

Le prix d'un tel bienfait sera le bienfait même :

Vous trouverez ce prix au fond de votre cœur ;

Enfin d'Elisabeth vous ferez le bonheur,

Le mien, sire, et le vôtre, et (j'ose encor le dire)

Celui de vos sujets, celui de tout l'empire.

HENRI.

Ma gloire et mon amour sont tous deux offensés

De ces vœux imprudents qu'ici vous m'adressez.

Mon courroux s'est calmé : n'êtes-vous pas contente ?

Dois-je encor m'avilir ? est-ce là votre attente ?

Me faut-il *Outrager la Sainteté* ~~monter au jugement~~ des lois,

Devant l'Europe entiere, aux yeux de tous les rois ?

Celle qu'un jugement flétrit, aujourd'hui même
~~La majesté du trône à ce point abaissée~~
a t'elle, encor un front digne du diadème ?
~~Non, je n'aurai jamais cette indigne pensée.~~
A partager son sort m'osez vous condamner ?
~~Mon cœur à la pitié vient de s'abandonner ;~~
Jamais Boulen vivra ; j'ai pu lui pardonner,
~~Boulen doit vivre encor : j'ai pu lui pardonner~~
Pour vous, pour mes sujets, madame, et non pour elle ;
~~Pour vous, pour mes sujets, madame, et non pour elle ;~~
Mais ce pardon suffit : elle est trop criminelle.
~~Mais ce pardon suffit : elle est trop criminelle.~~

Quand le pouvoir sacré de la religion,
Les usages, les mœurs, l'antique opinion,
placés dans la balance,
ont vu le peuple anglais m'obéir en silence ;
quand le divorce enfin par mes lois fut permis
quel forfait Catherine avait elle commis ?
je vous l'ai dit ; moi seul ; je n'ai elle point aimé
le choix de son époux ne l'avait pas nommé

SEIMOUR.

Elle n'est point...

HENRI.

Craignez d'allumer mon courroux,
J'apperçois le pontife ; il s'avance vers nous.

SCENE V.

HENRI, SEIMOUR, CRANMER,
COURTISANS, PAGES, GARDES.

SEIMOUR.

Ah ! qu'il vienne ; il est temps que sa voix me rassure.
Eh quoi ! vous vous taisez ! parlez, je vous conjure.

CRANMER.

On venait d'accomplir cet arrêt si cruel :
La reine ne vit plus.

SEIMOUR.

Qu'avez-vous dit ?

HENRI.

O ciel !

CRANMER.

Sire, chargé par vous d'un ordre de clémence,
Je courais à la mort enlever l'innocence.
Je vois de tous côtés vos sujets éperdus,
Vos malheureux sujets à grands flots répandus
Dans la place, où leur reine indignement traînée
Devait sur l'échafaud finir sa destinée.

Ils venaient voir mourir ce qu'ils ont adoré.
Je vole au-devant d'eux ; et, d'espoir enivré,
En mots entrecoupés, de loin, tout hors d'haleine,
Je m'écrie : « Arrêtez, sauvez, sauvez la reine ;
« Grace, pardon : je viens, je parle au nom du roi. »
Ils ne m'ont répondu que par un cri d'effroi.
A ces clameurs succede un plus affreux silence ;
J'interroge : on se tait. Je frémis ; je m'avance :
Je lis dans tous les yeux ; je ne vois que des pleurs ;
Un deuil universel remplissait tous les cœurs.
J'étais glacé de crainte ; et cependant la foule
S'entr'ouvre, me fait place, et lentement s'écoule.
J'arrive au lieu fatal ; j'appelle… Il n'est plus temps.
Ô reine, j'apperçois vos restes palpitants !
J'ai vu son sang ; j'ai vu cette tête sacrée
D'un corps inanimé maintenant séparée.
Ses yeux environnés des ombres de la mort
Semblaient vers ce séjour se tourner sans effort,
Ses yeux où la vertu répandait tous ses charmes,
Ses yeux, encor mouillés de leurs dernieres larmes.
Femmes, enfants, vieillards, regardaient en tremblant
Ces augustes débris, ce front pâle et sanglant.
Des vengeances des lois l'exécuteur farouche
Lui-même consterné, les sanglots à la bouche,
Détournait ses regards d'un spectacle odieux,
Et s'étonnait des pleurs qui tombaient de ses yeux.
Mille voix condamnaient des juges homicides.
J'ai vu des citoyens, baisant ses mains livides,

Raconter ses bienfaits, et, les bras étendus;
L'invoquer dans le ciel, asyle des vertus.
Au milieu de l'opprobre on lui rendait hommage;
Chacun tenait sur elle un différent langage;
Mais tous la bénissaient; tous avec des sanglots
De ses derniers discours répetaient quelques mots.
Elle a parlé d'un frere, honneur de sa famille,
Du roi, de vous, madame, et sur-tout de sa fille:
A ses tristes sujets elle a fait ses adieux;
Et son ame innocente a monté dans les cieux.

HENRI.

Cranmer, si les Anglais m'accusaient d'injustice,
Dites-leur que j'avais suspendu le supplice.

SEIMOUR.

Au fond de votre cœur vouliez-vous l'épargner?

HENRI.

Quoi, madame!..

SEIMOUR.

　　　　Elle expire; et moi, je vais régner!
Régner! lui succéder entre vos bras perfides,
Sur ce trône souillé de tant de parricides!
Laissez-moi fuir des lieux qui me glacent d'effroi:
Son ombre gémissante est entre vous et moi.
Au moment où mon front recevrait la couronne,
Au pied des saints autels, sur les marches du trône,
Je l'entendrais toujours, s'attachant à mes pas,
Accuser mes honneurs fondés sur son trépas.
Que d'autres, j'y consens, obtiennent en partage

De votre amour cruel le sanglant héritage,
Et sur son échafaud que mon sang répandu
Dans son généreux sang puisse être confondu !
Voilà tous mes desirs, c'est le sort que j'envie.
Roi barbare, à vos pieds j'ai demandé sa vie ;
A vos pieds maintenant je demande ma mort.

HÉNRI.

Vous, mourir ! vous !

SEIMOUR.

Frappez ; n'ayez point de remord.
Ah ! puisque vous m'aimez, je suis votre complice.
Ma haine vous punit ; c'est là votre supplice :
Mais le mien est de vivre, et le mien doit finir.
A des mânes chéris je vais me réunir.
C'en est fait... je t'entends. Oui, ton ombre m'appelle.

HENRI.

Ses yeux se sont fermés, je la vois qui chancelle.
Amis...

SEIMOUR.

Si votre cœur peut encor me chérir,
Soyez assez clément pour me laisser mourir.

HENRI.
à part.

Prenez soin de ses jours. Entouré de victimes,
J'ai peine à soutenir le fardeau de mes crimes.

Fin du cinquieme et dernier acte.

www.ingramcontent.com/pod-product-compliance
Lightning Source LLC
Chambersburg PA
CBHW061248060726
47596CB00002B/488